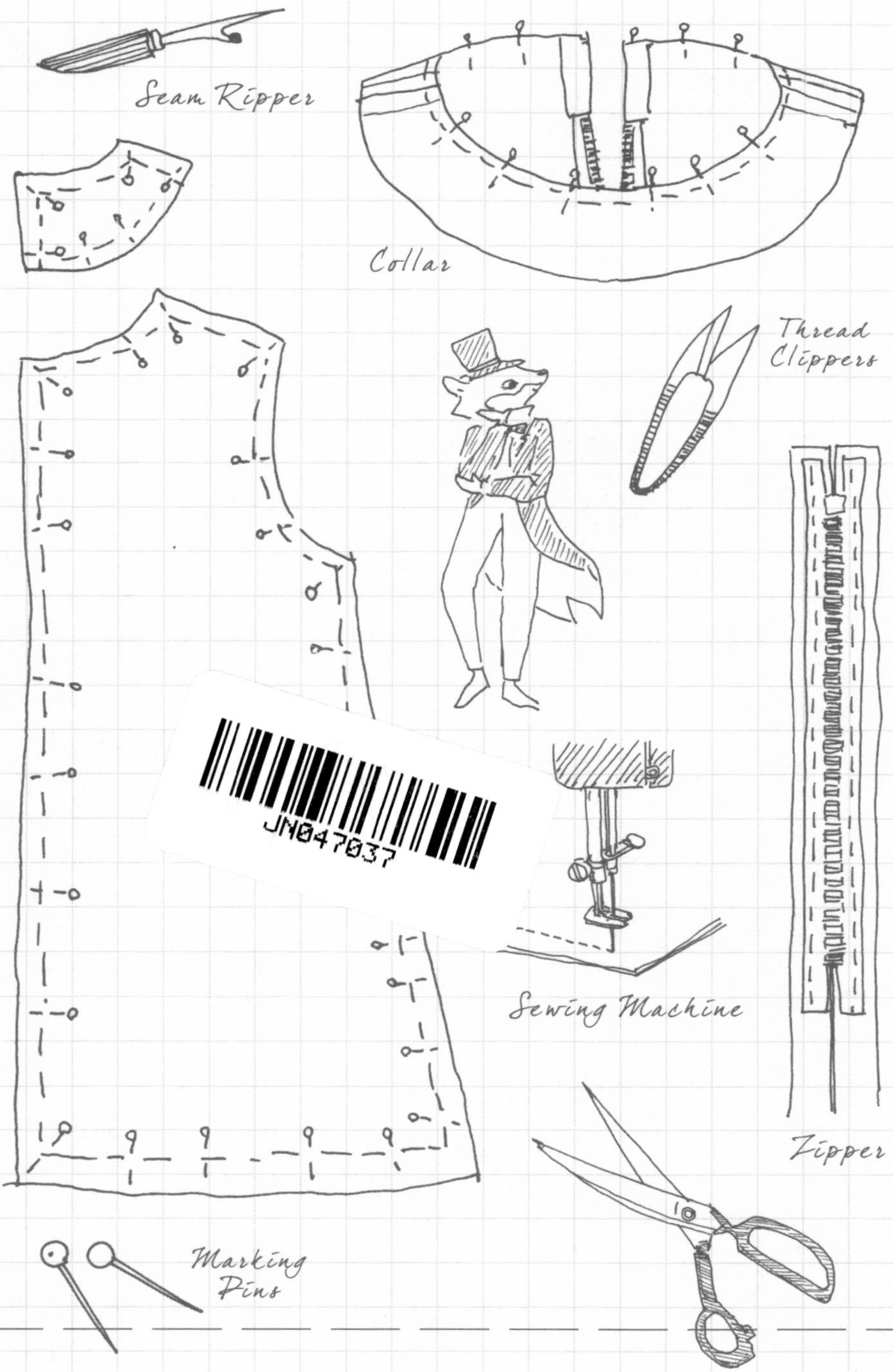
Seam Ripper
Collar
Thread Clippers
Sewing Machine
Zipper
Marking Pins

るりのワンピース

花里真希 作　北見葉胡 絵

講談社

るりのワンピース

もくじ

1

うさぎの人形のワンピース

ある日、るりは、うさぎの人形をもらいました。

うさぎの人形をくれたのは、さくらちゃんです。

さくらちゃんというのは、るりのおばあちゃんのことです。さくらちゃんは、やさしくて、かわいらしくて、「さくら」という名前がぴったりでした。だから、るりは、「おばあちゃん」とはよばずに、「さくらちゃん」とよんでいます。

うさぎの人形は、さくらちゃんの手作りで、そでのふわっとした、青いワンピースを着《き》ていました。ちょっとむらさきのまじったような青色です。

るりが、きれいな色だなあ、とワンピースを見ていたら、

「それはね、るり色っていうの。るりちゃんと同じ名前の色だね。」

と、さくらちゃんが教えてくれました。

自分の名前と同じ色のワンピース。

なんて、すてきなんでしょう。

「あたしも、こんなワンピースが着たいな。」

るりがそう言うと、さくらちゃんは、

「じゃあ、るりちゃんのたんじょう日に、これと同じワンピースを作って、プレゼントするわね。」

と約束《やくそく》してくれました。

でも、さくらちゃんは、病気《びょうき》になってしまいました。なんでもわすれてしまう病気です。

さくらちゃんは、るりとの約束も、ワンピースの作り方も、全部《ぜんぶ》わすれてしまいました。

2

デパートへ

もうすぐ、るりのたんじょう日です。

たんじょう日プレゼントに、お母さんがワンピースを買ってくれることになりました。さくらちゃんが作ってくれるはずだったワンピースの、かわりです。

「大きなお店に行ったら、うさぎの人形のワンピースと同じようなのがあるかもしれないから。」

そう言って、お母さんは、るりをデパートにつれてきてくれました。

デパートは、何階建《なんがいだ》てなのかわからないくらい、大きな建物《たてもの》でした。

「ほんとに大きいね。」

「まいごにならないように、しっかり手をつないでいようね。」

お母さんは、るりの手をぎゅっとにぎりました。

象《ぞう》でも通れそうな大きな入り口の横《よこ》に、案内板《あんないばん》がありました。

「一階はけしょう品《ひん》、二階はしんし服《ふく》、三階はかばんとくつ……。」

お母さんが、案内板を読みあげていきます。

「子ども服売り場は、七階ね。エレベーターで行きましょう。」

るりは、お母さんといっしょに、デパートに入っていきました。

こうすいの、もわあんとしたにおいが、るりの鼻《はな》にまとわりつきます。

エレベーターの手前で、お店の人が、

「春の新色です。いかがですか。」

と、お母さんに声をかけました。

「しんしょくって、なあに？」

「新しい色のことよ。ちょっと見ていこうか。」

「いやだよ。きょうは、あたしのワンピースを買いにきたんでしょ。」

るりは、お母さんの手をひっぱりました。

でも、お母さんは、

「そうだけど、ちょっとまってね。」

と言って、カウンターの前に立つと、それきり動《うご》かなくなってしまいました。

るりは、しかたなく、ちょっとまつことにしました。

でも、「ちょっと」って、どれくらいでしょう。

るりは、もうじゅうぶん「ちょっと」まったと思いました。

「お母さん、もういいでしょう。早く行こう。」

「ちょっと、まってってば。」

お母さんは、るりの手をはなして、口べにを手にとりました。

「もうっ。」

るりは、お母さんの足もとにしゃがみこみました。

るりの目の前には、エレベーターがあります。

（あれにのったら、子ども服売り場に行けるのに。）

るりは、はあっとため息《いき》をつきました。

そのとき、ポーンと音が鳴って、エレベーターのとびらがひらきました。

エレベーターには、だれものっていません。

（のっちゃおうかな、でもな、どうしようかな。）

るりがもじもじしていたら、エレベーターのとびらが、とじたり、ひらいたりしました。まるで、「早くのって」と言っているようです。

「お母さん、あたし、先に子ども服売り場に行ってるね。」

そう言って、るりは、エレベーターにのりこみました。

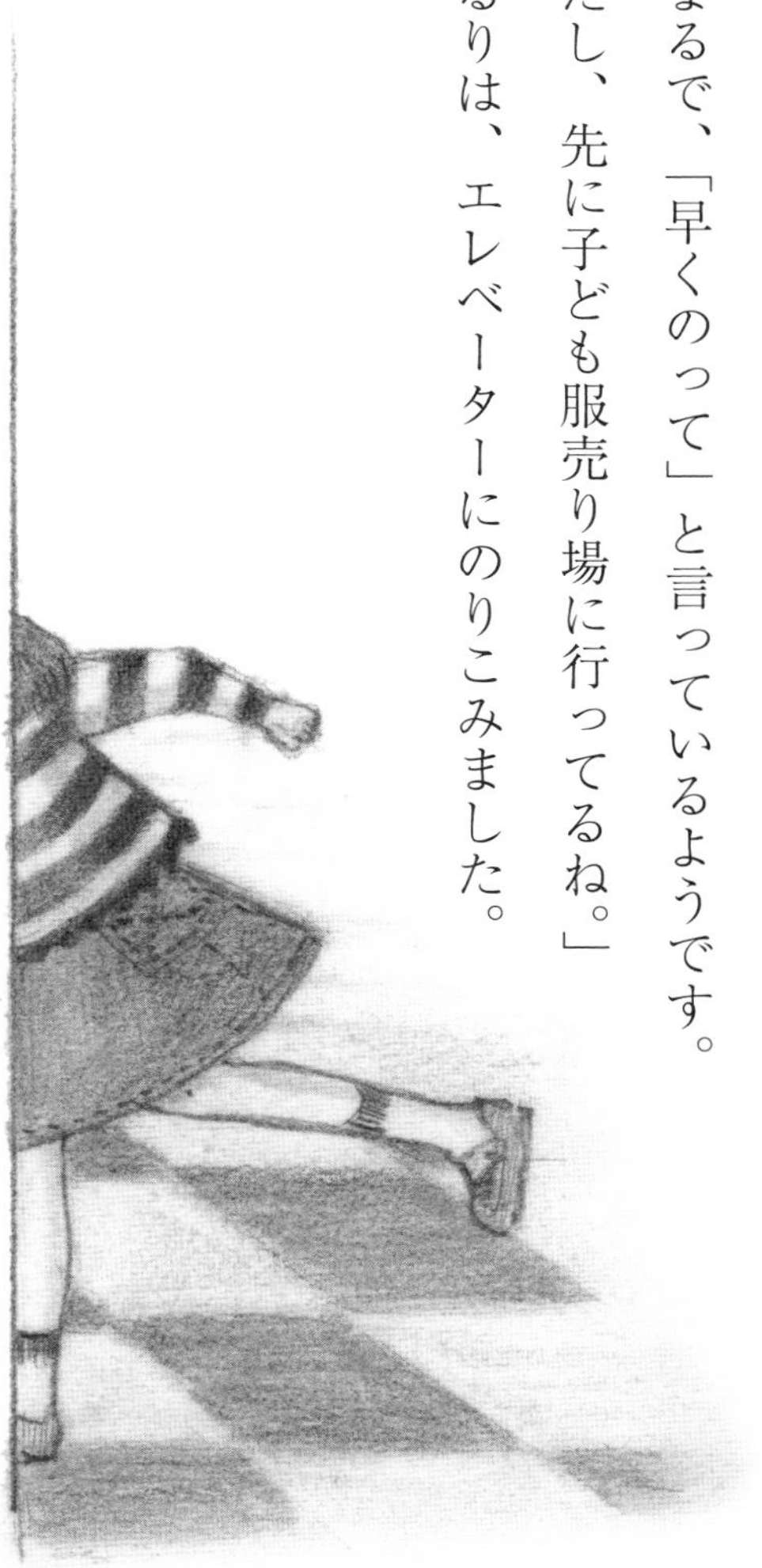

I II III IV V VI VII VIII IX X

3

きつねのしんし

るりがエレベーターにのると、とびらがかってにしまりました。

エレベーターが、がたっとゆれて動《うご》きはじめます。上に行っているのか、下に行っているのか、よくわかりません。おなかがふわっとします。

頭を上からぎゅーっとおさえつけられるような感《かん》じがおさまると、ポーンと音が鳴ってエレベーターが止まりました。

とびらが、ゆっくりとひらいていきます。

とびらのむこうには、子《こ》ども服《ふく》がいっぱいならんでいるはずです。そのなかには、るり色のワンピースがあるかもしれません。

とびらがひらくと、るりは、エレベーターからいきおいよくとびだしました。

ところが、エレベーターをおりたとたん、るりのわくわくする気《き》持《も》ちは、しゅんとしぼんでしまいました。

子どもの服が、一着《いっちゃく》もなかったからです。

かわりに、後ろの部分《ぶぶん》がバッタの羽のように長い上着《うわぎ》や、金色のボタンのついたベストといった、昔《むかし》の外国の男の人が着る服がならんでいました。

(ほかに、どんな服があるんだろう。)

きょろきょろしながら歩いていたら、どんっと、なにかにぶつかって、るりはしりもちをついてしまいました。

「おやおや、たいへんだ。」

頭の上で声がします。

見上げると、そこにはきつねが立っていました。きつねは、背《せ》の高いぼうしをかぶって、オーケストラのしき者《しゃ》のような服を着ています。

「だいじょうぶですか?」

きつねが、るりに手をさしだしました。

るりは、その手をつかもうかどうしようか、まよいました。「知らない人に声をかけられても、知らんぷりしなさい」と、お母さんに言われていたからです。

でも、目の前にいるのは、人ではなくてきつねです。それに、なんとなくですが、るりはこのきつねのことを知っているような気がしました。

るりは、きつねの手をそっとつかみました。

きつねが、るりをひっぱりあげます。

「ちゃんと、前をむいて歩かないと、いけませんよ。」

「ごめんなさい。でも、どうして、きつねさんがデパートにいるの？」

「わたしは、しんしですからね。しんしがしんし服売り場にいても、ふしぎはないでしょう。しょうぼうしが、しょうぼうしょにいるのと同じですよ。それより、おじょうさんこそ、どうしてひとりで、しんし服売り場にいるのですか？　お母さんはどこかな？」

　きつねのしんしは、るりの手をにぎったまま、あたりを見まわしました。

「お母さんは、けしょう品《ひん》売《う》り場《ば》にいるの。そこから動かなくなっちゃったから、ひとりで子ども服売り場に行くところ。」

　るりがそう答えると、きつねのしんしは、

「ふむ。」

と、あごをなでました。

「ちゃんとお母さんに言ってきましたか？」

「言ったよ。」

「それで、お母さんは、いいよ、と言ったの？」

「言ってない。」

「それなら、けしょう品売り場にもどったほうがいいですね。」

でも、るりは、けしょう品売り場にはもどりたくありません。るりは、首を横《よこ》にふりました。

「行き方がわからないのかな？　では、つれていってあげましょう。」

きつねのしんしが、るりの手をひいて、歩きだしました。

あんなにつまらないけしょう品売り場につれていかれては、こまります。

るりは、きつねのしんしの手をふりはらいました。

「あっ。」

きつねのしんしがおどろいているすきに、るりはエレベーターにむかって走りだしました。

「どうしてにげるんですか？　まいごになったら、たいへんですよ。」

きつねのしんしが、おいかけてきます。

るりは、エレベーターにのりこんで、ボタンをむちゃくちゃにおしました。

エレベーターのとびらが、しまりはじめます。
「おまちなさい。」
きつねのしんしが、エレベーターにむかってきました。
ゆっくりとしまるとびらが、じれったいです。
「早くしまれ、早くしまれ！」
るりは、足をばたばたさせました。
きつねのしんしが、手をのばしてきます。
（もうだめ！　けしょう品売り場につれていかれる！）
そう思ったしゅんかん、とびらがぴたっとしまりました。
きつねのしんしは、エレベーターにのりそこねたのです。
エレベーターが動きはじめます。
るりは、ふうっと息《いき》をつきました。

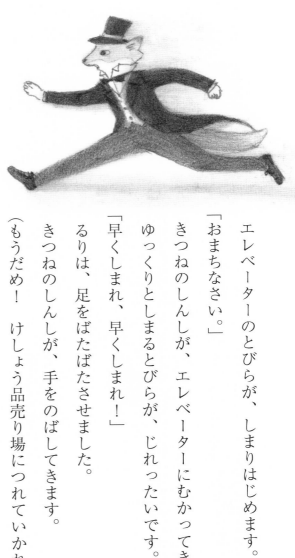

4

くつの山

ポーンという音が鳴って、エレベーターが止まりました。

さっき、ボタンをむちゃくちゃにおしたので、何階《なんがい》なのかわかりません。

とびらがひらきます。

こうすいのにおいはしません。昔《むかし》の外国の服《ふく》もありません。

るりの目の前にあらわれたのは、くつの山でした。

ながぐつに、うんどうぐつ、ピエロがはくような大きなくつや、小人がはくような先のそりかえったくつ。いろんなくつが、つみあがってできた山です。

くつの山の上のほうで、なにかがきらきら光っていました。

くつの山にあるのですから、くつなのだと思います。でも、光っているので、何色なのか、どんな形なのか、よくわかりません。

(近くに行ったら、わかるかな。)

るりは、くつの山にのぼろうと思いました。

エレベーターをおりて、くつの山に近づくと、山のしゃめんからちょっととびだしているサンダルが見えました。手をかけるのに、ちょうどよさそうです。

るりは、サンダルに手をのばしました。

そのとき、

「だめっ！」

と、しわがれた声がして、るりは、あわてて手をひっこめました。

声のしたほうを見ると、みけねこが立っていました。

みけねこは、声だけ聞くとおばあさんなのですが、せすじがぴしっとのびていたので、ぜんぜん、おばあさんっぽくありませんでした。ぴたっとした、動《うご》きやすそうな黒い服を着《き》ていて、なんだかダンスの先生みたいです。

るりがどきどきしていたら、みけねこは、

「くつの山がくずれるわ。くつにおしつぶされるのは、いやでしょう。」

と言いました。

るりは、おこられているわけではないとわかって、ほっとしました。

それから、たしかにくつにおしつぶされるのはいやだな、と思いました。

でも、きらきら光るくつのことは気になります。

るりが光るくつを見ていたら、みけねこが、

「どうして、くつで山を作ったんだろうって、思ってるんでしょう。」

と言いました。

るりは、そんなことは思っていませんでしたから、首を横《よこ》にふりました。

でも、みけねこは、るりの返事《へんじ》にはかまわず、

「山を作ろうと思ったわけでは、ないのよ。」

とつづけました。

それから、「ついていらっしゃい」というように、あごをくいっと動かすと、くつの山のふもとを歩きはじめました。みけねこは、るりがついてくるものだと思っているようで、ふりむきもしません。

しかたがないので、るりは、みけねこについていきました。

5

おしゃれな白ねこ

くつの山のうら側《がわ》に行くと、フリルのいっぱいついた、黄色いドレスを着《き》た白ねこがいました。白ねこは、いすにすわって、緑色《みどりいろ》のブーツをはいているところでした。

白ねこは、緑色のブーツをはきおえると、いすの横《よこ》にあった鏡《かがみ》の前に立ちました。

黄色いドレスと緑色のブーツが、タンポポみたいでとってもかわいらしいです。よくにあってるなあ、とるりは思いました。

ところが、白ねこは、

「わるくないけど、ちょっとちがうのよね。」

と言って、緑色のブーツをぬぐと、ぽーんと後ろにほうりなげてしまいました。

緑色のブーツが、くつの山のてっぺんに、ぱさっと落《お》ちました。

みけねこが、るりを見て、

「これは、おじょうさまがためしてみて、気に入らなかった、くつの山なのです。」

と言いました。

「これ、全部《ぜんぶ》？　お父さんが会社にはいていくようなくつもあるよ？」

るりは、あきれて言いました。

るりは、みけねこに言ったのですが、白ねこにも聞こえてしまったようです。

「あら、あなた、おしゃれがぜんぜんわかってないのね。」

今、会ったばかりの白ねこに、そんなことを言われて、るりはむっとしました。

でも、白ねこは、るりの気持《きも》ちなんて、おかまいなしです。

「おしゃれって、思いもよらない組み合わせが、かっこよく見えたりするの。」

るりは、フリルのいっぱいついた黄色いドレスに、大きな黒いかわぐつなんて、合わないにきまってる、と思いました。

「おしゃれがわかってないのは……」

あなたのほう、と、るりが言おうとしたのを白ねこがさえぎります。

「ところで、あなた、だれ？」

「あたし、る……」

「どうしてここにいるの？」

「お母さんが……」

「あなたもくつをさがしてるんでしょう。」

「ちが……」

「そういえば、その服《ふく》に合いそうなくつがあったわ。持っていっていいわよ。」

白ねこは、るりが答える前に、全部、自分で答えてしまいます。

るりは、おもしろくありません。

「あたし、もう行く。」

るりはそう言いましたが、白ねこは、やっぱり、話を聞いていません。

「ばあや、右の上のほうに、赤い水玉のくつがあるでしょう。それを、その子にあげてちょうだい。」

白ねこがみけねこに言いました。

みけねこは、

「はい。」

と、返事《へんじ》をすると、体をすっとかがめました。

くつの山に、とびつくつもりのようです。

くつの山がくずれたら、くつにおしつぶされると言っていたのに、だいじょうぶなのでしょうか。

るりは、みけねこを止めなくちゃ、と思いました。

「やめて、やめて！　あんなの、いらないから！」

るりが大きな声を出したので、みけねこはおどろいて体をおこしました。白ねこも、耳をピーンと立てて、るりを見ています。

「じゃあ、どんなのがいいの？」

白ねこが、やっとるりの言うことに耳をかたむけたので、るりはちょっとすっきりしました。

「えっと、山の反対側《はんたいがわ》にあった、きらきら光るくつ。」

るりがそう答えると、みけねこが、

「サテンでできたくつのことでしょうか?」

と言いました。

るりは、サテンがなにか、わかりませんでした。でも、光るくつはほかになかったので、たぶん、それで合ってるのだと思います。

「うん。」

るりが返事をすると、白ねこがみけねこを見ました。みけねこは、しずかにうなずくと、くつの山にむかって、ぴょーんとジャンプしました。

とつぜんのことだったので、るりはみけねこを止めることができませんでした。

でも、心配《しんぱい》はいりません。みけねこは、どこにも手をかけることなく、ひとっとびで山のてっぺんにおりたったのです。山がくずれることも、ありませんでした。

みけねこは、山の反対側におりていき、すぐにまた山のてっぺんにもどってきました。両手《りょうて》には、きらきら光るくつを持っています。

みけねこが、「これ？」というように、とってきたくつを高く上げました。

るりは、こくんとうなずきました。すると、次《つぎ》のしゅんかん、みけねこは、プールにとびこむように、頭から空中にダイブしました。

「えーっ！」

るりが、びっくりしているあいだに、みけねこは、ひざをかかえて一回転《かいてん》し、すたっとゆかに着地《ちゃくち》しました。

「すごい、すごーい。」

るりは、パチパチと手をたたきました。

みけねこは、ダンスの先生というより、たいそうの選手《せんしゅ》といったほうがよさそうです。

みけねこが、とってきたくつを、るりの前にさしだしました。

「どうぞ。」

くつは、さくら色をしていました。足首のところにベルトがついていて、それをとめるボタンはさくらの花の形をしています。

「ありがとう。」

るりは、さくら色のくつをうけとりました。さくら色のくつは、とてもすべすべしていました。

るりは、さっそく、さくら色のくつをはいてみました。

サイズはぴったり。はきごこちも、ばつぐんです。それなのに、なんだかちぐはぐな感《かん》じがしました。

「ちょっとその服には合わないかな。きっと、くつがすてきすぎるんだわ。」

白ねこが、言いました。

「たんじょう日プレゼントのワンピースになら、きっと合うと思う。」

るりが、そう言うと、白ねこの目がきらっと光りました。

「どんなワンピース？　見てみたいわ。」

「見せられないよ。まだ、買ってもらってないから。そでのふわっとしたるり色のワンピースがいいんだけど、そんなのがあるかどうかもわからないし……。」

るりの声は、どんどん小さくなっていきました。

あるかどうかわからないワンピースに、くつを合わせようとするなんて変《へん》なの、とわらわれると思ったのです。

でも、白ねこはわらいませんでした。

「じゃあ、今からワンピースを見てきたら？　このくつは、とっておいてあげる。」

「うん、そうする。どうもありがとう。」

るりがおれいを言うと、白ねこは、にっこりわらいました。

「ばあや、この子をエレベーターのところまで、おくってあげて。」

「はい。」

みけねこは、るりを見て、

「では、行きましょう。」

と言いました。

みけねこが、くつの山のふもとを、エレベーターのほうへもどりはじめます。

るりは、いそいでくつをはきかえて、みけねこをおいかけました。

るりがみけねこにおいついたとき、むこうからだれかが歩いてくるのが見えました。
きつねのしんしです。きっと、るりをさがしにきたのです。
きつねのしんしは、くつの山のほうを見ていて、
るりに気がついていません。
るりは、みけねこのうでをひっぱって、
「あたし、こっちから行きたいな。
山のこっち側にどんなくつがあるのか、見てみたい。」
と、きつねのしんしがいないほうのふもとを指《ゆび》さしました。
みけねこは、
「わかりました。」
と言って、すぐにむきをかえてくれました。
るりは、歩きながら、ときどき後ろをふりかえって、きつねのしんしがお

いかけてこないか、たしかめました。きつねのしんしは、よっぽど気になるくつがあったようで、くつの山ばかり見ていました。

そのうち、きつねのしんしは、くつの山にかくれて、見えなくなりました。

くつの山の反対側では、エレベーターがとびらをあけて、まっていました。

るりが、エレベーターにのると、みけねこも、エレベーターにのってきました。

(いっしょに行くのかな?)

るりは、そう思ったのですが、みけねこは、〝7〟のボタンをポンッとおしたら、エレベーターをおりてしまいました。

〝7〟のボタンは高いところにあったので、みけねこが、小さいるりのかわりに、おしてくれたのでした。

みけねこは、エレベーターをおりると、るりにむきなおって、

「では、ごきげんよう。」

と、ていねいにおじぎをしました。

るりもみけねこのまねをして、おじぎをしました。

とびらがしまり、エレベーターが動《うご》きだしました。

6

るり色の布

ポーン。

エレベーターが止まりました。

みけねこが〝7〟のボタンをおしてくれたので、こんどこそ、子《こ》ども服売《ふくう》り場《ば》のはずです。

ところが、とびらのむこうからは、ダダダダッという音が聞こえてきます。

(なんの音かな?)

とびらがひらくと、ダダダダッという音は、いっそう大きくなりました。

るりは、こわくなったので、エレベーターのすみにかくれました。

しばらくして、ダダダダッという音が止まりました。

るりが、そうっとエレベーターの外をのぞきます。

「ほうっ。」

るりは、小さく息《いき》をもらしました。

一本の大きなさくらの木が、あたりをおおいつくすように枝《えだ》をのばし、さくらの花が一面《いちめん》にさきこぼれていたのです。

るりが、満開《まんかい》のさくらに見とれていると、

「るりちゃん？」

と、名前をよばれました。

るりと同じくらいの年の女の子が近づいてきます。

「どうして、あたしのこと知ってるの？」

「知ってるにきまってるじゃない。わたし、るりちゃんのこと、大好《だいす》きだもの。」

女の子はそう言って、うふふっ、とわらいました。

るりは、こんな子、知らないけどなあ、と思いました。

「ひとりで来たの？　お母さんは？」

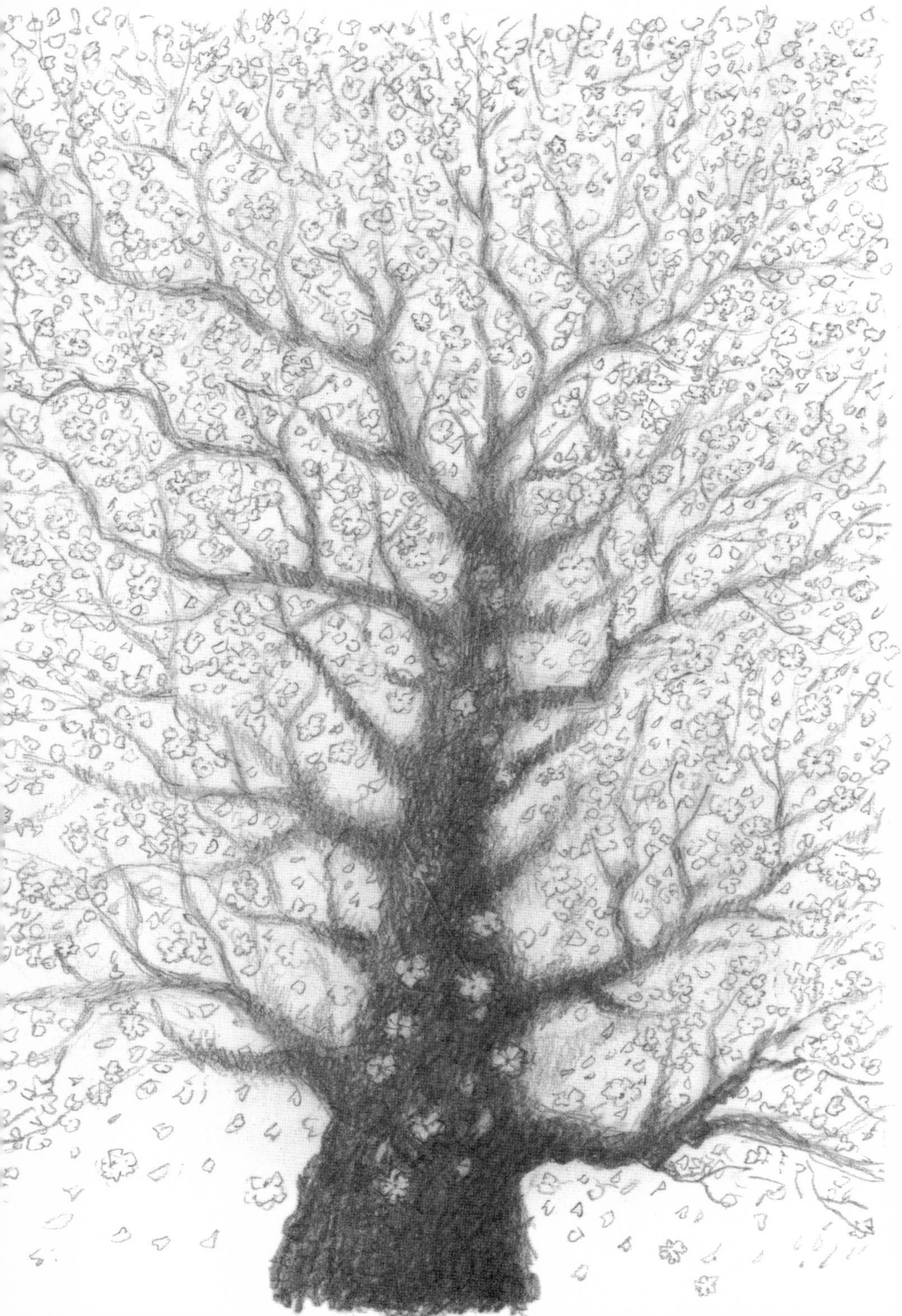

さっき、きつねのしんしに同じことをきかれて、けしょう品《ひん》売《う》り場《ば》につれていかれそうになったので、るりはうそをつくことにしました。

「お母さんは買《か》い物《もの》してるから、先にひとりで子ども服売り場に行って、どんなのがいいか、えらんでなさいって。」

するると、女の子は、

「服をえらぶの？　でも、るりちゃん、うさぎの人形と同じワンピースってきめてるでしょう？」

と言いました。

「どうして知ってるの？」

「だって、約束《やくそく》したじゃない。」

（どうして、さくらちゃんとの約束を知ってるのかな？）

るりが首をかしげていると、女の子は、

「ちゃんと作るから、だいじょうぶよ。」

と言いました。

「なにを？」

「うさぎの人形《にんぎょう》と同じワンピース。」

「だれが？」

「わたしが。」

るりは、自分と同じくらいの年の子が、
ワンピースを作るなんて、しんじられませんでした。

「うそだあ。」

「うそじゃないよ。わたし、人形も作るし、
人形の服だって作るんだから。ちょっと来て。」

女の子は、るりをさくらの木の下につれていきました。

さっきは、さくらの花に見とれていて気がつきませんでしたが、さくらの木の下には、大きなつくえがありました。

つくえの上には、ミシンと、小さなスカートがのっていました。エレベーターの中で聞いたダダダダッという音は、きっとこのミシンの音です。

「ほら、これ、わたしがさっき作ったの。おしゃれな白ねこのスカートよ。」

女の子は、小さなスカートを手にとって、るりに見せました。

「すごーい。」

「ね？　ちゃんと作れるでしょう？」

女の子は、とくいげに言うと、つくえのひきだしをあけて、えんぴつとメモ帳《ちょう》、それから、メジャーをとりだしました。

「じゃあ、はかろう。」

「なにをはかるの？」

「るりちゃんの体のサイズ。るりちゃんにぴったりのワンピースを、作るためにね。はい、気をつけをして。」

るりは、言われたとおりに、気をつけをしました。

女の子は、なれた様子《ようす》で、るりのかたはばや着《き》たけを、はかりました。はかった数字は、すぐにメモ帳に書きとめていました。

うでのまわりをはかったとき、女の子が、

「ふわっとしたそでが、いいのよね。ちょっとむずかしいけど、かわいいもんね。」

と言いました。

「あのね、むずかしいなら、そではふわっとしてなくてもいいよ。」

「あら、そうなの？」

「うん。るり色だったらいいの。」

「ああ、そうか。るりちゃんと同じ名前の色が、いいんだもんね。るり色でも、いろんな布があるよ。見てみる?」

「うん。」

女の子は、るりを、さくらの木の後ろにつれていきました。

さくらの木の後ろには、大きなたながならんでいて、板《いた》にまきつけられた布が、色ごとに立てておかれていました。

るりは、女の子といっしょに、るり色の布のところへ行きました。

ふわふわの布や、さらさらの布、もこもこの布や、すけすけの布。

女の子が言ったとおり、るり色でも、いろんな布がありました。

そのなかには、きらきら光る布もありました。

るりは、その布をそっとなでました。さくら色のくつと同じで、すべすべ

しています。

「これ、サテン？」

「そうよ。るりちゃん、よく知ってるね。これにする？」

「うん。」

女の子は、サテンの布をたなから出すと、それをかかえて、つくえのところにもどりました。

女の子が、つくえの上にサテンの布を広げます。

そのとき、ふわっと風がおこりました。

さくらの花びらがはらはらとちって、サテンの布の上に落《お》ちました。まるで、るり色の湖《みずうみ》にさくらの花びらがうかんでいるようです。

るりが、うっとりしていたら、女の子が、

「こういうがらに、しようか。」

と言いました。

「そんなこと、できるの？」

「さくらの花の、ししゅうをするわ。るりちゃんと同じ名前の色の布に、わたしと同じ名前の花のししゅうなんて、すてきじゃない？」

るりのむねが、どきんとしました。

「あなた、さくらちゃんっていうの？」

「そうよ。」

「おばあちゃんと同じ名前だ。」

女の子が、にこっとわらいました。

そのとき、ポーンという音がしました。

7

きつねのしんし、ふたたび

きつねのしんしが、エレベーターからおりてきます。

るりは、あわてて、つくえの下にかくれました。そして、人差《ひとさ》し指《ゆび》を口に当てて、「しーっ」と、さくらちゃんに言いました。

それなのに、さくらちゃんは、つくえの下をのぞきこんで、

「るりちゃん、どうしてかくれるの？」

ときいたのです。

きつねのしんしは、るりがつくえの下にかくれていることに、気がついてしまいました。

「さがしましたよ、おじょうさん。さあ、けしょう品売《ひんう》り場《ば》に行きましょう。おじょうさんがきゅうにいなくなってしまって、きっとお母さんは、あわてていますよ。」

きつねのしんしが、つくえに近づいてきます。

「お母さんが、先に行ってなさいって言ったんじゃなかったの?」

さくらちゃんが、るりにききました。

るりがだまっていると、かわりにきつねのしんしが、

「おじょうさんは、先に行くって言ったんですけど、お母さんは、いいよって言ってないんです。」

と答えました。

「あら、そうだったの。」

さくらちゃんが、つくえの下にもぐりこんできました。

「お母さんは、るりちゃんがひとりでエレベーターにのったことに、まだ気がついてないみたいよ。だから、今のうちにもどったら?」

「どうしてわかるの?」

るりが、さくらちゃんにききました。けれども、さくらちゃんはにこにこ

しているだけで、答えてくれませんでした。

「さあ、行きましょう。」

きつねのしんしが、つくえの下をのぞきます。

るりは、さくらちゃんの手をぎゅっとにぎって、首を横《よこ》にふりました。

「るりちゃん、きつねのしんしがこわいの？　きつねのしんしは、ちょっとお高くとまってるけど、わるいきつねじゃないよ。」

「お高くとまってるとは、ひどいですね。品がある、と言ってください。」

さくらちゃんは、きつねのしんしを知っているようです。だから、きっと、きつねのしんしは、わるいきつねではないのだと思います。

でも、るりが行きたくないのは、きつねのしんしがこわいからでも、わるいからでもありません。

「けしょう品売り場は、つまんないんだもん。」

るりがそう言うと、さくらちゃんは、

「だいじょうぶ。お母さんの買《か》い物《もの》は、もうすぐ終《お》わるよ。

だから、その前にもどらないとね。」

と、まるで見てきたように言いました。

（そんなこと、さくらちゃんにわかるはずないのに。）

きっと、さくらちゃんは、るりをお母さんのところに行かせるために、そんなことを言ったのです。

るりは、さくらちゃんの手をはなして、

「ワンピースができるまでは、どこにも行かない！」

と、つくえのあしにしがみつきました。

「まあ、るりちゃんったら。」

さくらちゃんが、るりのせなかに手をおきました。

「いちどお母さんのところにもどって、それから、またお母さんといっしょに来たらいいじゃない。」

さくらちゃんは、るりと同じくらいの年なのに、なんだかおとなみたいなことを言います。

「それまでに、ワンピースはしあげておくから、ね？」

さくらちゃんが、るりのせなかをさすりました。

（ワンピースを作ってくれるなら、お母さんのところにもどってもいいかな。）

るりは、だんだんとそんな気持《きも》ちになってきました。

「ほんとに、ちゃんと作ってくれる？」

「もちろん。ほら、約束《やくそく》。」

さくらちゃんが、るりの目の前に小指を出しました。

るりは、その小指に自分の小指をからめて、指切りをしました。

「指切りげんまん　うそついたら　はり千本の－ます。指切った。」

ふたりが小指をぱっとはなすと、きつねのしんしが、

「さあ、行きましょう。」

と、つくえの下に手をのばしました。

さくらちゃんが、きつねのしんしの手をつかみます。

きつねのしんしは、さくらちゃんの手をしっかりにぎって、つくえの下からひっぱりだしました。

「ほら、るりちゃんも。」

こんどは、さくらちゃんが、るりに手をさしだしました。

るりは、さくらちゃんの手をつかんで、

「ほんとだよ。ほんとにワンピース、作ってね。」

と言いました。

「るりちゃんってば、指切りしたじゃない。」

さくらちゃんは、ふふっとわらって、るりをひっぱりました。

るりがつくえの下から出てくると、さくらちゃんは、るりをぎゅっとだきよせました。

「るりちゃんとのだいじな約束だもん。ちゃんとまもるから安心《あんしん》して。」

さくらちゃんは、なんだかなつかしいにおいがしました。

「さあ。エレベーターが、まっていますよ。」

きつねのしんしが、るりをせかします。

「じゃあ、さくらちゃん、また、あとでね。」

「うん。るりちゃん、元気でね。」

るりは、さくらちゃんに手をふると、きつねのしんしといっしょにエレベーターにのりました。

「〝1〟のボタンはひくいところにあるから、自分でおせるよ。」

るりは、そう言って、〝1〟のボタンをおしたのですが、きつねのしんしはエレベーターをおりません。

「いっしょに行くの？」

「はい。お母さんのところまでいっしょに行きますよ。」

（今から、お母さんのところに行くんだ。）

そう思ったら、るりはきゅうに心配《しんぱい》になってきました。

「お母さん、おこってるかな。」

「だいじょうぶですよ。さくらさんが言ってたでしょう。おじょうさんが、ひとりでエレベーターにのったことに、お母さんは、まだ気がついてないって。」

「でも、気がついちゃったら、おこるでしょ。」

「気がついたら、お母さんは、おこるよりも心配すると思いますよ。」

きつねのしんしは、やさしく言いました。

るりは、おこられるのもいやだけど、心配させるのもいやだな、と思いました。

8

お母さんといっしょに

ポーン。

エレベーターが、一階《かい》につきました。

とびらがひらくと、こうすいのにおいがしました。

お母さんの後ろすがたが見えます。

「さあ、お母さんのところに行ってください。」

きつねのしんしが、るりのせなかをそっとおしました。

「うん。」

るりはエレベーターをおりて、お母さんのところに走りました。

「お母さん！」

るりがお母さんにだきつくと、お母さんは、

「はいはい。もう、行きますよ。まっててくれて、ありがとう。」

と言いました。

さくらちゃんが言っていたとおり、お母さんは、るりがひとりでエレベーターにのったことに、気がついていないようです。

「じゃあ、行きましょう。」

お母さんが、るりの手をとって、エレベーターへむかいました。

「あれえ？」

「どうしたの？」

きつねのしんしが、どこにもいないのです。

（あたしがお母さんのところにもどったから、安心《あんしん》して、しんし服売《ふくう》り場《ば》に行ったのかなあ？）

けれども、エレベーターは、とびらがあいたままで、どこかに行った様子《ようす》はありません。

「きつねのしんしがいなくなっちゃった。」

「きつねのしんし？　さくらちゃんの家にあった人形《にんぎょう》のこと？」

「人形じゃないんだけど……、まあ、いいや。」

きっと、きつねのしんしはかいだんで、しんし服売り場に行ったのでしょう。

エレベーターにのると、お母さんは、

「子ども服売り場は、七階だったね。」

と言って、〝7〟のボタンをおしました。

るりは、七階は、子ども服売り場じゃなくて、服を作るところなんだけどね、と思いました。

でも、それは言わないでおきました。

お母さんが、あのさくらの木を見るとき、なにも知らないほうがびっくりするだろうな、と思ったからです。

ポーン。

七階につきました。

エレベーターのとびらがゆっくりひらいていきます。

るりは、お母さんのびっくりする顔を思いうかべて、わくわくしました。

ところが、とびらがひらいてびっくりしたのは、お母さんではなくて、るりでした。

「えっ？」

そこは、マネキン人形や、ラックにかけられた服がならぶ、ふつうの子ども服売り場でした。

「ここじゃない。」

るりは、首をぶんぶんと横《よこ》にふりました。

「でも、このデパートで子ども服が売られてるのは、ここだけよ。ほら、いい服があるじゃない。」

お母さんは、るりの手をひいて、エレベーターをおりました。

「いい服じゃなくて、さくらちゃんの作るワンピースがほしいの！」

るりは、ふてくされて言いました。

「さくらちゃんは病気《びょうき》で、ワンピースは作れないでしょ。だから、デパートにワンピースを買いにきたんじゃない。」

「ちがうの！　おばあちゃんのさくらちゃんじゃなくて、子どものさくらちゃん！　ほかの服なんかぜったいに見ないもん！」

るりは、ぎゅっと目をつむりました。

「なんだかわからないけど、せっかくデパートに来たんだから、ちゃんと服をえらんでよ。ほら、こっちのもかわいいよ。」

お母さんが、るりの手をひっぱりました。けれどもるりは、目をつむったままです。

「あっ、じゃあ、これは？　これはぜったいに気に入ると思うよ。」

お母さんが、るりの手に服をおしつけました。

すべすべしています。これはきっと、サテンです。

るりは、目をあけました。

「あーっ！」

お母さんは、るり色のサテンの布《ぬの》に、さくらの花のししゅうがしてあるワンピースを持《も》っていました。そでも、ふわっとしています。

（さくらちゃんは、約束《やくそく》どおり、ワンピースを作っておいてくれたんだ！）

るりは、うれしくて、とびはねました。

「このワンピースがいいのね？　じゃあ、試着《しちゃく》してみましょう。」

るりは、そのワンピースを着《き》てみました。

すると、あまりにも、るりにぴったりだったので、お母さんが
「まるで、るりのために作られたみたいね。」

と、言いました。

るりは、だってさくらちゃんが、あたしのために作ってくれたんだもん、と思いました。

「こんなにすてきなワンピースなら、くつも、すてきじゃないといけないわ。」

お母さんは、るりといっしょにエレベーターにのって、〝3〟のボタンをおしました。

るりは、三階のくつ売り場に、あのねこたちはいないだろうな、と思いました。

くつの山もない、と思います。

でも、さくら色のサテンのくつはきっとある、と思いました。

花里真希　はなざと まき

1974年、愛知県生まれ。カナダ在住。東海女子短期大学卒業。2015年、『しりたがりのおつきさま』で第7回日本新薬こども文学賞最優秀賞受賞。2019年、『あおいの世界』で第60回講談社児童文学新人賞佳作受賞。その他の作品に『スウィートホーム　わたしのおうち』『ハーベスト』（以上、講談社）がある。日本児童文芸家協会会員。

カナダにはデパートがあまりないので、買い物は地元の小さな店ですませます。アンティークストアやスリフトストア、フリーマーケットやファーマーズマーケットなどに行って、掘り出し物を探すことが好きです。

※スリフトストア……寄付によって集められたものを売る非営利団体の店が多い

北見葉胡　きたみ ようこ

神奈川県生まれ。武蔵野美術短期大学卒業。児童書に、「はりねずみのルーチカ」シリーズ、「りりかさんのぬいぐるみ診療所」シリーズ（いずれも作・かんのゆうこ／講談社）、絵本に、『花ぬりえ絵本　不思議な国への旅』（講談社）、『マーシカちゃん』（アリス館）、『マッチ箱のカーニャ』（白泉社）、『小学生になる日』（新日本出版社）など。書籍挿画に「安房直子コレクション」（全７巻／偕成社）などがある。2005年、2015年に、ボローニャ国際絵本原画展入選、2009年『ルウとリンデン　旅とおるすばん』（作・小手鞠るい／講談社）が、ボローニャ国際児童図書賞受賞。

るりのワンピース

2024年4月9日　第1刷発行

作　者　花里《はなざと》真《ま》希《き》

絵　北見《きたみ》葉《よう》胡《こ》

装　丁　北見麻絵美

発行者　森田浩章

発行所　株式会社講談社
〒112-8001 東京都文京区音羽2-12-21
電話　03-5395-3535（編集）　03-5395-3625（販売）　03-5395-3615（業務）

印刷所　株式会社精興社

製本所　島田製本株式会社

本文データ制作　講談社デジタル製作

KODANSHA

Printed in Japan N.D.C. 913　78p 22cm　ISBN978-4-06-534293-0

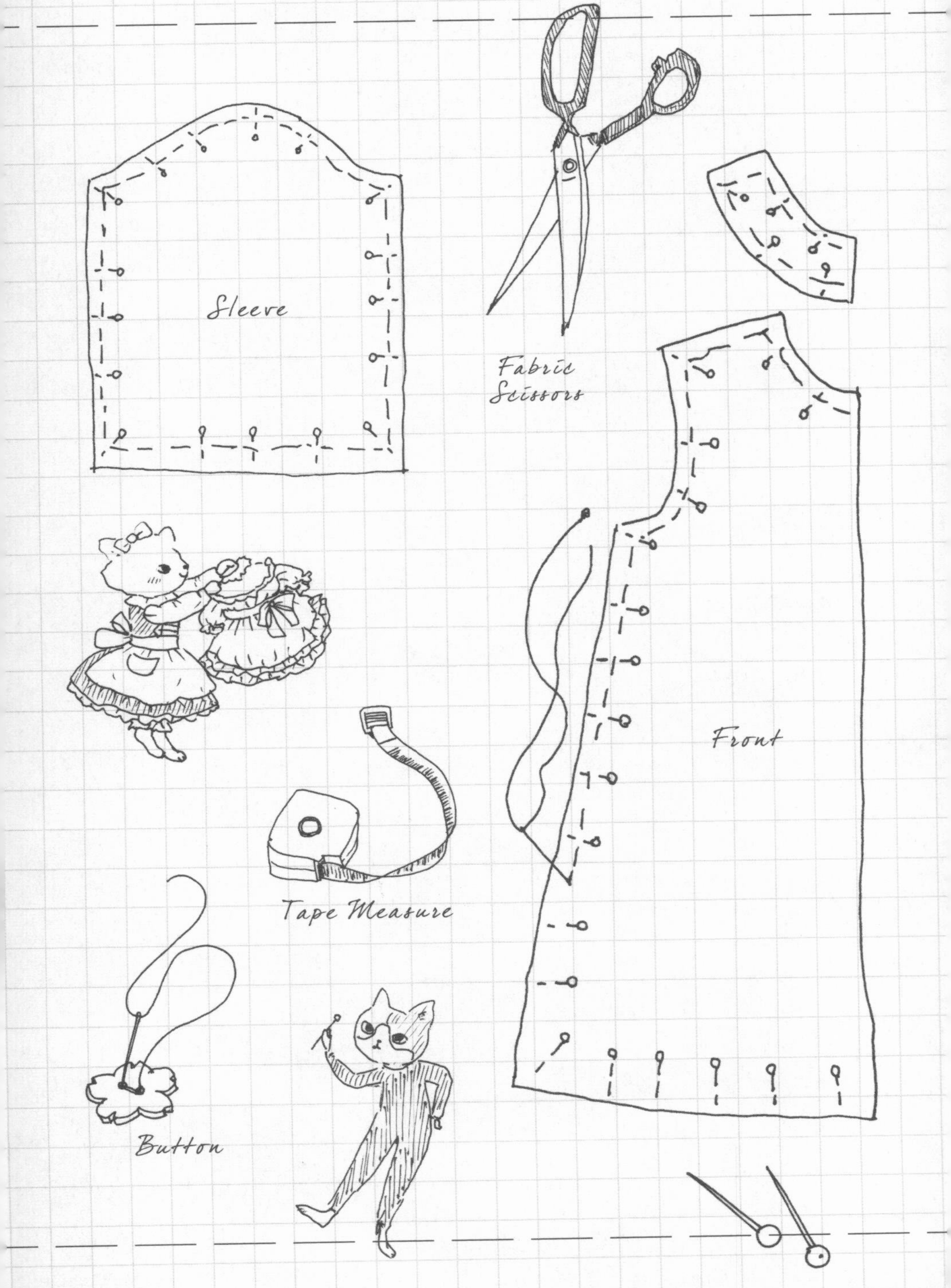
Sleeve
Fabric Scissors
Front
Tape Measure
Button